Ouvrages de Propriété

Faisant partie du

Fonds de Musique

de

I. Pleyel & Cie.

A Paris.

Divisés en 90 Lots.

1er Lot.

N°	Auteur	Op.	Titre	Planches	
406.	Onslow	"	L'alcade de La Vega Partition	348.	"
1098.	"	"	d° Airs détachés pour Piano	72.	"
1699.	Pixis	op. 74	Divertissement Piano et Violon	24.	"
475.	Onslow	"	Ouverture à 4 mains	19.	"
				463.	"

2e Lot.

N°	Auteur	Op.	Titre	Planches	
2200.	Onslow	"	Le Colporteur Partition	631.	"
2201.	"	"	d° Parties séparées	381.	"
2203. à 2219.	"	"	d° Air détaché avec accompagt de Piano	113.	"
2236. 2240. 2241	"	"	d° Airs détachés avec accompagt de Guitare	10.	"
2235.			d° Ouverture à 4 mains	15.	"
2226.	Herz	op. 209	Fantaisie pour Piano	9	"
2227.	d°	op. 210	d° pour Piano	11.	"
2244. & 2245	d°	op. 211. & 212	Mélanges à 4 mains	21.	"
2243.	Jacquemin	op.	Variations pour harpe	11.	"
2250.	d°	op.	Nocturne pr d° Piano & Violon	23.	"
2246.	d°	op. 15	Fantaisie pr Cor et Piano	16.	"
2247.	Rhein	op. 31	Rondeau pour Piano	18	"
2248. & 2253	Tolbecque	"	Quadrilles pr Piano & pr 2 Violons	13.	1/2
2249.	Chaulieu	op. 85	Caprice pour Piano	10.	"
2256.	Berbiguier	op. 89	Fantaisie pr Flûte	47.	"
2257	Bitterman	"	Ouverture pr 2 Violons	10.	"
2258.	Pixis & Bohrer	"	Premier trio pour Piano, Violons & Violoncelle	25.	"
2223.	Kalkbrenner	op. 86 & 90	Rondino et marche pr Piano	17.	
				1281.	1/2

3e Lott.

N°	Auteur	Op.	Titre	Prix	
407.	Auber	"	Parties séparées du Maçon	303.	"
1706. à 1733.	d°	"	Airs détachés avec accompagnement de Piano et de Guitare	139.	"
510.	Czerny	op. 132.	Variations à 4 mains	21.	"
459.	d°	op. 138.	Rondo Piano et Violon	16.	"
409.	Duvernoy	"	Quadrille pr Piano	11.	"
413.	d°	op. 6	Mélange pr Piano	17.	"
505.	d°	" "	Ouverture pr 2 Clarinettes	6.	"
408.	Kalkbrenner	op. 71	Fantaisie pour Piano	13.	"
2144.	Kuhlau	op. 84	Rondo pr Piano	10.	"
1971.	Melchior	"	Harmonie, Maçon et Sicadie	24.	"
609.	Desargues.	"	Duo pr Harpe et piano	31.	"
				591.	"

(Nota : Dans le 1er Décameron de Czerny à 4 mains, il se trouve le N° 8, qui est arrangé sur des Thèmes du Maçon et qui sera vendu avec les autres.)

4e Lott.

N°	Auteur	Op.	Titre	Prix	
1998.	Auber	"	Partition de Fiorella	354.	"
1999.	d°	"	Parties séparées ... d°	329.	"
2101 à 2126.	d°	"	Airs détachés pour Piano & pour Guitare	127.	1/2
2000. 2027 à 2029.	d°	"	Ouvertures Pr Violon, flute et Clarinette	37.	"
2030, 2031	d°	"	Quadrilles pr Pe N° 1 et 2	15.	"
2067.	Carulli	op.	Fantaisie pour Guitare	18.	"
714bis.	d°	op. 304	Divertissement pr Violon et Guitare	10.	"
569	d°	op. 302.	Rondo sur Fiorella pr 2 Guitares	10.	"
449.	Chaulieu	op. 46.	Fantaisie pr Piano	16.	"
2447.	Brod	"	Harmonie	96.	"
438. 448.	d°	"	Quadrilles à 4 mains N° 1 et 2.	21.	"
			Transport d'autre part	1033.	"

Report d'autre part … 1033. 12.

4e. Lot.

4162	Drouet	"	Fantaisie et rondo de Fiorella	25	"
2032, 2033, 2034.	Karr	op. 195 et 196.	Ouverture à 4 mains	40.	"
2037.	Lagoanère	op. 62	Barcarolle de Fiorella, pr. Violon & Piano	12.	"
2038, 2039	do.	"	Airs pr. 2 flûtes et 2 Violons	49.	"
489.	do.	op. 63.	Mélange pr. Violon et Piano	13	"
2092.	A. Méreaux	op. 16.	Fantaisie pour Piano et Violon	24.	"
				1196.	12.

5e. Lot.

747.	Auber	"	Partition de Léocadie	292.	"
402, 403	do.		Ouvres. Orch. pr. 2 Violons, 2 flûtes 2 clarin. etc.	50.	"
404, 743	do.	"	Airs détachés pour Piano et pr. Guitare	55	"
436.	do.	"	Ouverture pour piano	11.	"
582.	C. Pleyel	op. 43	Boléro de Léocadie pr. Piano	11	"
888.	Lafont	op.	Fantaisies pr. Léocadie pr. Violon	52.	"
2649.	Vogt	"	do. do. pr. Hautbois	27	"
				478.	"

6e. Lot.

2536, 2538, 2540, 2539,	Halevy	"	Airs de Clari avec piano	34.	"
2488, 2499	Duvernoy	"	Quadrilles à 2 et à 4 mains	22.	"
2502.	do.	"	do. pour 2 Violons et 2 Flageolets	12	"
2503	Halevy	"	Ouvertures à 2 et à 4 mains	31.	"
"	do.	"	Airs détachés pour Piano	184.	"
"	do.	"	Marche funèbre	41	"
				324	"

7e Lot.

2601.	Ad. Adam	"	Ouverture Pierre et Catherine Orchestre	49.
2602, 2603	d°	"	d° à 2 et à 4 mains	39.
2604-2609	d°	"	Airs détachés pour Piano	42.
2615-2620	d°	"	d° d° Guitare	22.
2613, 2614	d°	"	Quadrilles pour Piano	21.
2621, 2622	d°	"	Ouvertres pr 2 Vons 2 flûtes et airs pr piano	30.
2626	d°	op. 34.	Rondoletto pr Piano	10.
2612.	Chaulieu	op. 76	d° d°	10.
2610.	Rhein	op. 34	Variations pour Piano	10.
2611.	d°	" 35	Rondoletto d°	10.
2625	Volbeaque	"	Quadrille en quintette 10ons	11.
				254.

8e Lot.

2526, 2627.	Onslow	"	Collection de ses quatuors et quintetti, gravée sur grandes planches de symphonie, avec le portrait de l'auteur par Gravelon et un fac-simile	1460
				1460.

9e Lot.

937.	Onslow	op. 4.	Trois Quatuors 1er Livre	80.
1170.	d°	" 9.	d° d° 3e d°	79.
1253.	d°	" 10.	d° d° 4e d°	79.
1621.	d°	" 21.	d° d° 5e d°	91.
2419, 2420, 2421.	d°	" 36	d° d° 6e d°	114.
				443.

10.e Lot.

754.	Onslow	op. 1	Quintetto, 1er Livre	52.
755.	d.o	" —	d.o 2.e d.o	74.
756.	d.o	" —	d.o 3.e d.o	48.
1557.	d.o	" 17.	d.o 4.e d.o	49.
1558.	d.o	" 18.	d.o 5.e d.o	46.
1559.	d.o	" 19.	d.o 6.e d.o	45.
1632.	d.o	" 23.	d.o 7.e d.o	51.
1631.	d.o	" 24.	d.o 8.e d.o	51.
6[illegible]1.	d.o	" 25.	d.o 9.e d.o	51.
2066.	d.o	" 32.	d.o 10.e d.o	61.
2416.	d.o	" 33.	d.o 11.e d.o	69
2417.	d.o	" 34.	d.o 12.e d.o	72.
2418.	d.o	" 35.	d.o 13.e d.o	69.
2518.	d.o	" 37.	d.o 14.e d.o	65.
2816.	d.o	" 38.	d.o 15.e d.o	63.
2817.	d.o	" 39	d.o 16.e d.o	69.
2633.	d.o	" 17.	Arrangé à 4 mains	39.
2667.	d.o	" 32	d.o d.o d.o	53.
				1029.

11.e Lot.

839 A.B.C.	Onslow	op. 3.	Trois Trios p.r Piano N.o 1 à 3.	97.
1313, 1314, 1315	d.o	op. 14	d.o d.o d.o	123.
1613.	d.o	op. 20.	Un Trio p.r Piano	49.
1664.	d.o	op. 26.	d.o d.o d.o	44.
1667.	d.o	op. 27.	d.o d.o d.o	43.
74.	d.o	op. 30.	Sextuor d.o	96.
				452.

12e Lot.

No.	Auteur	Op.	Titre	Prix
1408.	Onslow	op. 15.	Duo pr. Piano et Violon	49.
08.	do	" 29.	do do	38.
725.	do	" 31.	do do	56.
1176 à 1177	do	" 11.	Trois Sonates pr. Piano et Violon	75.
1520 à 1522.	do	" 16.	do do do et Viol. elle	145.
1633.	do	" 22.	Sonate à 4 mains	51.
1004.	do	" 7.	do do	43.
787.	do	" 2.	Grande Sonate pr. Piano seul	29.
939.	do	" 5	Air écossais pr. Po	10.
940.	do	" 6	Toccata pr. Po	10.
1224.	do	" 12	Charmante Gabrielle pr. Po	8.
1261.	do	" 13.	Aussitôt que la lumière pr. Po	21.
587.	do	" 28.	Thème anglais pr. Po	14.
				549.

13e Lot.

No.	Auteur	Op.	Titre	Prix
2161.	Dizi	"	Etudes pour harpe 1er Livre	27.
2106.	do	"	do do 2e do	34.
2434.	do	"	do do 3e do	33
2436.	do	"	Variations sur Benedetta harpe et flûte	20
2102.	do	"	Romance d'Isolina pr. harpe	5.
2431.	do	"	La notte è bella pr. harpe	6.
1286.	do	"	Sul margine pr. harpe et flûte	12.
1440.	C. Pleyel	op. 4.	Duo pour harpe et Piano	28.
1627.	do	" "	do do	24.
				189.

14e Lot.

No.	Auteur	Op.	Titre	Prix
369. 2182.	Baudiot	op. 25.	Méthode pour Velle 1 & 2e p.	396.
				396.

15e. Lot.

2183.	Baudiot	"	Instruction pour les compositeurs ou notions sur le doigté et la manière d'écrire pour cet instrument	32.
1209.	d°	op. 5.	Duos pour deux Violoncelles	33.
1547.	d°	op. 13	d° d° Von ou Velle ou deux Velles	47.
1544) 1545) 1546)	d°	op. 12.	Trois fantaisies pr. Velle et Po. No. 1, à 3	45
4334	d°	op. 17.	Trio pour Po. Hn. et Velle	72.
				229.

16e. Lot.

340.	Baudiot	op. 18.	Air de la famille suisse Velle et Po.	14.
342.	d°	op. 20.	Trois fantaisies No. 1 à 3 Velle et Po.	66.
343.	d°	op. 21	Air varié pr. Velle avec orchtre ou Po.	32.
345.	d°	op. 23.	Thêmes de Romagnesi pr. Velle Po. ou Orchtre	60.
2446	d°	"	Ouverture de concert pr. Orchestre	22.
				194.

17e. Lot.

341.	Baudiot	op. 19.	Premier Concertino pr. Violoncelle	25.
344.	d°	op. 22.	Deuxième d° d°	43.
346.	d°	" 24.	Air varié pour Velle et Po.	29.
2184	d°	" 26.	d° d° Velle Von et Po.	65.
2185.	d°	" 27.	d° d° d°	52.
				214.

18e. Lot.

1310.	Baudiot	op. 3.	Trio pour Velle alto, et Violon	24.
1325.	d°	" 4.	Trois sonates d°	38.
1355.	d°	" 7.	1er. Nocturne Velle et harpe	25
1367.	d°	"	2e. d° d°	18.
1372	d°	"	3e. d° d°	30
				135.

19e. Lot.

1977.	Drouët	„	Méthode flûte	189.
				189.

20e. Lot

2666	Drouët	„	Dix huit préludes p.r flûte	8.
2697.	d.o	„	Etude modulée p.r flûte	7.
2696	d.o	„	Les bijoux p.r Violon seul	12.
2714	d.o	„	Marche Bohémienne variée p.r flûte seule	9.
2719	d.o	„	Les bijoux p.r flûte seule	13.
1653	d.o	„	Sur un thème du Barbier p.r flûte et P.o	9.
1652	d.o	„	d.o d.o d.o	11.
2772	d.o	„	12e Concerto flûte et orchestre	74.
1139	d.o	„	1.e d.o d.o	42.
1432	d.o	„	Quatuor p.r flûte V.on, alto et Basse	28.
1775	d.o	„	Voi che sapete varié flûte et Piano	8.
				221.

21e. Lot.

191.	Vanderhagen	„	Méthode pour la flûte	126.
208.	d.o	„	d.o pour la Clarinette	128.
1356.	d.o	„	d.o d.o d.o à 12 clefs	108.
				362.

22e. Lot.

A à S.	Bibliothèque Musicale en petites partitions, composée de Symphonies, Quintettes, Quatuors & Septuors de Haydn, Mozart, Beethoven, Hummel & Onslow en 23 petits volumes in 8.o	1420.
		1420.

23e. Lot.

„	Mozart	„	Collection complète de Quint.s Quatuors & Trio pour Violon	648.
				648.

24e Lot.

"	Haydn	"	Collection complète de quatuors pour violons avec le portrait de l'auteur gravé sur cuivre.	1135
				1135.

25e Lot.

"	Beethoven.	"	Collection de ses neuf Symphonies arrangées à 4 mains	581.
				581.

26e Lot.

2123. à 2142.	Czerny	op. 110. à 111.	Premier décaméron à 2 et à 4 mains	204.
2727.	d°	op. 210.	Concertino	48.
2728.	d°	op. 213.	Andante et Rondo	56.

(Nota : le N° 8 du 1er Décaméron à 4 mains est sur un thème du Maestro.)

308.

27e Lot.

2635 2665. à 2686	Czerny	op. 175 & 176.	Deuxième Décaméron à 2 et à 4 mains	211.
2687.	d°	op. 161.	48 Études	42.
2701.	d°	op. 178.	Grande sonate à 4 mains	59.
				312.

28e Lot.

2164.	Veny	"	Méthode de hautbois	86.
				86.

29e Lot.

619, 620, 621, 622.	I. Pleyel	"	Douze quat: dédiés au Roi de Prusse n° 1 à 4.	191.
				191.

30e Lot.

461.	Garnier	"	Méthode de hautbois	106
				106.

31e Lot.

2779.	Boely	op. 6.	Études pour Piano	85
				85.

32e Lot.

2796.	Muzard	op. 27.	Le retour du printemps Von av. Orche et Po.	35
2803.	do	op. 29.	2e Élégie pr. l'alto ... do ... do	53.
2803	do	op. 29	Pour Vcelle par Franchomme ... do	26.
2804	Musard	"	Quatuor pr. 2 Vons alto et basse	27.
2762.	Rousselot	op. 21.	3e Quintetto pr. 2 Vons 2 altos et basse	49.
2758.	do	" 23.	4e do ... do ... do ... do	42.
				232.

33e Lot.

2158.	Bohrer frères	op. 42.	Duo pr. Von et Vcelle	15.
2826.	do	op. 43	... do ... do	12.
2825.	do	op. 44	... do ... do	13.
2832.	do	" 47.	... do ... do	19.
28[illegible]	do (A.)	" 46.	... do ... Piano et Violon	22.
2827.	do (M)	" 13.	... do ... 2 Violoncelles	13
2830.	do (M)	" 14	... do ... Piano et Violle	23.
				117.

34e Lot.

994.	Baillot	op. 17.	Thème varié	45.
995.	do	" 18.	6e Concerto	48.
996.	do	" 19	Air varié	45.
998.	do	" 21	Andante	8.
				146

35e Lot.

1041.	Baillot	" 20	Trois Airs Russes	52.
2334.	do	" "	Adagio et Rondo	52.
1050.	do	op. 21.	Septième concerto	63
1060.	do	op. 22	huitième ... do	66
				233.

36e Lot.

1697.	Mengal	"	Trois quintetti p.r flûte N.os 1 à 3	103.
750.	P. Leroy.	"	Petite méthode p.r flûte	17 ½
751.	d.o	"	d.o d.o flageolet	17 ½
756.	d.o	"	d.o d.o Clarinette	17 ½
				155 ½

37e Lot.

723, 724, 733, 721.	I. Pleyel	op. 8.	Six Duos p.r C.tes ou p.r 2 flûtes	52. "
2898.	Camus	op. 30.	Le bouquet de bal varié	33. "
729.	Bochsa	" 259.	Rondo de C. Pleyel	6. "
513.	Lagoanère	" 53.	Air des Alpes p.r Violon	18. "
2155.	Robberechts	" 10.	Variations p.r Violon	23. "
				132. "

38e Lot.

1184 à 1186.	Carulli	op. 96	Trois Sérénades	31. "
1191	d.o	op. 99	Morceaux pour Guitare seule	14. "
1262.	d.o	op. 110.	Airs russes p.r 2 Guitares	17. "
1424	d.o	op. 130.	Bagatelle	19. "
2398.	d.o et Desfrance		Méthode pour la Guitare	50. "
2849.	d.o	op. 345.	Fantaisie p.r V.on & Guitare	15. "
2850	d.o	op. 346.	d.o p.r Guitare seule	10. "
				156. "

39e Lot.

509.	Fréd. Duvernoy	" "	Études p.r le Cor	77. "
				77. "

40e. Lot.

2093. 2095.	Mercadante	op. 13	Trois rondeaux N.os 1 à 3	26.
2371.	do.	op. 18.	Polonaise brillante	35.
2535.	do.	" "	Rondo brillant	16.
2598.	do.	op. 25.	Variations sur Moïse	39.
946	do.	op. 15.	do. do.	15.
237.	do.	op. 19	do. sur do.	12.
				143.

41e. Lot.

1966.	Duvernoy	op. "	Grande Valse	
1993.	do.	12	Air écossais varié	3.
2580.	do.	op. 36	Rondoletto	10.
2630.	do.	op. 33	Thême de Mercadante	6.
2708.	do.	op. 38.	Dernière pensée de Weber	13.
2569.	do.	op. 34	Deux airs suisses N.o 1 & 2	14.
2822,	do.	" "	Souvenirs de la Suisse quadrille	10.
2780.	do.	op. 41.	Thême varié	9.
2797 à 2799.	do.	op. 43.	Souvenirs de la Suisse N.os 1 à 3	11.
				17.
				93.

42e. Lot.

2405.	Chaulieu	op. 70.	Rondo Polacca	14
2711.	do.	op. 95.	Fantaisie	10.
2891.	Jadin	" "	Rondo sur un thême Tyrolien	12.
2923.	Musard	"	Quadrille sur Don Juan	13.
1997.	Sowinski	op. 9	Rondo	36.
				85

43e. Lot.

896	Ad. Adam	op. 17.	Le voyage en Suisse	13
2632.	do.	op. 35	L'Espagnole	14.
				27.

53e. Lot.

439.	Kreutzer	op. 11	Duos pour 2 Violons 1er. Livre	26.
443.	do.	" "	do. do. 2e. do.	30.
2332.	do.	" "	Trois Duos lettre C. Violon	37.
203.	do.	" "	Variations sur la Molinara Violon	26.
2065.	do.	" "	1er. Trio Violon	21.
2068.	do.	" "	2e. do. do.	19.
2119.	do.	" "	3e. do. do.	13.
				172.

54e. Lot.

721. 722.	J. Pleyel	op. 8.	Six Duos pour 2 Violons No. 1 et 2.	26
614.	do.	" "	3e. livre de Duos do.	46.
57.	do.	" "	5e. do. do. do.	25.
1221.	do.	op. 35.	Duos do.	26.
				123.

55e. Lot.

1406.	Tulou	op. 21.	Symphonie pour flute	45.
1409	do.	" 22.	Air varié	29.
1423.	do.	" 23	Fantaisie	16.
1453.	do.	" 24	Trio	22.
1491.	do.	" 25.	4e. Concerto	78.
				190.

56e. Lot.

1534	Tulou	op. 27.	Fantaisie	25.
1556.	do.	" 29.	do.	17.
1607.	do.	" 28.	Air varié	20.
1527.	do.	" 26.	Nocturne pr. flute & harpe	25.
1608.	do.	" 33	Trois Duos	36.
446.	C. Pleyel & Tulou	"	Nocturne Piano et flute	35.
				158.

57e. Lot.

2590.	Fétis	"	Solfèges	150.
			58e. Lot.	150.
2193.	Fétis	"	Traité de l'accompagnement	47.
			59e. Lot.	47.
1513. 1516. 1568. 1587 1588. 1595.	C. Pleyel	"	Six Mélanges pr. P. seul No. 1 à 6	86.
			60e. Lot.	86.
1460. à 1466.	C. Pleyel	"	Répertoire des Demoiselles No. 1 à 7	97.
			61e. Lot.	97.
1884. à 1886	C. Pleyel	"	Trois divertissemens Po. & flte No. 1 à 3	41
1887.	do.	op. 3.	Quatuor pr. Po., Von, alto et basse	32.
504	C. Pleyel Baudiot	op. 42	Souvenirs d'Armide pr. Po. et Von ou Velle	24.
497	do.	" "	Nocturne do.	25.
1252.	C. Pleyel et Raysans	op. 8.	Chêne allemand do.	32.
1219. 1219.	C. Pleyel et Baudiot	" "	Gentil Housard Po. et Velle	25.
1259.	do.	" "	Nocturne pr. Po. & Von ou Velle	24.
				203.

62e. Lot.

44e Lot.

1193.	Cramer	" "	L'Utile délassement N.os 1 à 3	48.
577.	d.o	" "	Vingt cinq exercices	52.
				100.

45e Lot.

2152.	Mayseder	op. 44	Thême de Mercadante	47.
2729.	d.o	op. 46.	Rondo Piano et Violon	30
2789. 2790.	d.o	op. 46.	d.o d.o seul et à 4 mains	57.
2589.	Reissiger	op. 56	4.e Trio P.o, V.on, et V.elle	36.
				170.

46e Lot.

2642.	Hunten W.	op. 19	Air allemand	15.
2643.	d.o	op. 18.	Air Suisse	9.
2820.	d.o	" 22.	Variations sur Anna Bolena	11.
2821.	d.o	" 24	Rondo d.o	9.
2869.	d.o	30	d.o sur la Straniera	10.
2808.	d.o	" "	Variations sur l'œuv: 44 de Mayseder	10.
2809.	d.o	" "	Divertissement sur l'œuv: 35 d.o	11
2710.	d.o	" "	4 Valses de Beethoven à 4 m/	5
2720 à 2725	d.o	" "	Six Mélodies N.o 1, à 6.	27.
2864 à 2866	Hunten Jos.	op. 56.	Trois airs gracieux N.o 1 à 3	28.
				135.

47e Lot.

1988.	Karr	op. 223.	Récréations musicales p.r Piano	12.
2109.	d.o	op. 207.	La Brigantine	6.
2106.	d.o	" 208.	Le Suisse au Régiment	9.
2172.	d.o	" 213	Le Matelot	9.
2813.	d.o	" 238.	Fantaisie sur l'Ange gardien	13.
490.	d.o	op. 199	Rondoletto	9.
502.	d.o	op. 201	Rondo Polacca	7.
				65.

48e. Lot.

149.	Reicha	op. 12.	Quatuor pour quatre flûtes	25.
322.	d°	" "	3e Symphonie concertante	38.
1307.	d°	op. 89.	Quintetto p.r Clarinette	28.
2070.	d°	op. 105.	Trois quintetti p.r flûte	61.
979	d°	" "	Six fugues p.r Piano	25
				177.

49e. Lot.

978. 1377. 1378.	Reicha	op. 82	24 Trios p.r 3 Cors N.° 1 à 4	79.
1379 1561	d°	" 93	12 ... d° " 2 Cors et V.elle N.° 1 et 2	47.
1560.	d°	" "	12 ... d° " 3 Cors N.° 1 et 2	46
				172.

50e. Lot.

278.	Brodl	op. 13.	Quatuor pour hautbois 1er livre	30.
955	d°	op. 14	... d° ... d° ... 2e ... d°	24
818.	d°	op. 11.	1e Fantaisie en duo	25.
2403.	d°	" 24	3e ... d° ... d°	20.
				99.

51e. Lot.

971.	Vogtl	op. "	Trois nocturnes pour f.lte, Cor et B.on	27
506.	d°	" "	1er Concerto hautbois	36
2795.	d°	" "	Air suisse ... d° ... à Orchestre	30
				93

52e. Lot.

290.	Kreutzer	op. "	10e Concerto pour Violon	14.
440.	d°	op. "	11e ... d° ... d°	18
300.	d°	op. "	11e Symphonie concertante	57
301	d°	op. 2.	Six Quatuors 1er livre	62.
445.	d°		... d° ... 2e ... d°	64
				275.

62.e Lot.

1681.	C. Pleyel	"	"	Trois rondeaux faciles	13.
1229	d.o	op.	2	Rondo Précédé d'une introduction	11.
1282.	d.o	op.	11	Les Lutins, rondoletto	8.
1299.	d.o	op.	12	Ronde Villageoise	10.
1388.	d.o	"	13	Polonaise facile	7.
1449.	d.o	"	18	La Récréation, rondoletto	8.
1507.	d.o	"	19	Variations sur le clair de Lune	16.
1529.	d.o	"	22	Caprice sur Otello	15.
1563.	d.o	"	24	Petits airs connus	7.
1601.	d.o	"	30	Rondo avec introduction	11.
1642.	d.o	"	31	Polonaise sur le Duo d'Armide	17.
1822.	d.o	"	36	Rondo sur Aurora che sorgerai	9.
1681	d.o	"	39	Trois petits rondos	13.
1683	d.o	"	40.	Seconde Polonaise facile	7
12	d.o	"	47.	Rondo sur Zitti, Zitti	9
15	d.o	"	48.	Cruda sorte	9
17	d.o	"	49	Di piacer	10
56	d.o	"	50.	Mélange crociato	18.
1777	d.o	"	51	Marche de Moïse	7
					205.

63.e Lot.

2793.	Bertini	op.	24	Rudiment du Pianiste	96.
					96.

64.e Lot.

356.	Bertini	op.	"	Valse Autrichienne p.r Piano	9.
950.	d.o	"	"	Polacca d.o	11.
873.	d.o	"	"	Rondoletto d.o	9.
1696.	d.o & Fontaine			2.e Duo p.r P.o et V.on Les saisons	39.
524	d.o	d.o		3.e d.o d.o	25.
1705.	d.o	d.o		4.e d.o d.o	32.
2148.	d.o	d.o		5.e d.o d.o	35
				Transport d'autre part...	160

Report d'autre part ..... 160.

64e. Lot.

1644.	Bertini	op. 33.	Nocturne pr. Po. Von. et Velle.	27.
1688.	do.	op. 37.	Rondo " Piano seul	19
1700.	do.	op. 41	Polonaise pr. Piano et Velle.	23
				229

65e. Lot.

949.	Bertini	op. 48.	Grand Trio pr. Po. Von. et Basse.	48.
2425.	do.	op. 59	Trois Valses	7.
2328.	do.	op. 60.	Deux Rondeaux	9.
2168.	do.	" 61	Variations brillantes	11.
2169.	do.	" 62	Le calme, Andante	7.
2167	do.	" 63	Rondoletto brillant	10.
2329.	do.	" 64	Variations	9.
2330.	do.	" 65.	Divertissement	12.
2374.	do.	" 68.	Variations	9.
2505	do.	" 69	do.	28.
				150.

66e. Lot.

2648.	Bertini	op. 70.	Grand Trio pr. Po. Von. et Basse	62.
2645.	do.	" 72	Divertissement	14.
2631.	do.	" 73.	Variations à 4 m/	25.
2579.	do.	" 75.	Sérénade en quatuor	48.
2647.	do.	" 76.	do. do.	42.
2644.	do.	op. 77	Rondino à 4 m/.	11.
2773.	do.	" 78.	Variations brillantes	15.
2771.	do.	" 81.	3 Rondeaux	9.
2772.	do.	" 82	La soirée à 4 m/.	7
2778.	do.	" 83	Six Divertissemens à 4 m/.	15.
				248.

67e. Lot.

600	Pixis	op. 76.	1er. Trio	54
680.	do.	" 86.	2e. do.	54
2556.	do.	" 95.	3e. do.	55
				163.

68e. Lot.

416.	Pixis	op. 72.	2e. mélange	14.
do.	do.	" 81.	Rondino	13.
1836.	do.	" 88.	do.	15.
2154.	do.	" 93.	Thème anglais	13.
2774.	do.	op. 112.	Variations à 4 ms.	27.
1987.	do. & Bohrer	"	3e. Trio	23.
2181.	do. do.	"	2e. do.	22
				127.

69e. Lot.

1368.	Herz Hy.	op. 1	Variations sur un air tirol:	13.
605.	do.	op. 16.	Duo à 2 Pianos	48.
2906.	do.	op. 16.	O Dolce Var: pr. Piano seul	15.
1704.	do.	" 19.	Duo pr. Pe. et Von. flute et Velle	43.
1570.	do.	" 18.	do. do. do.	31.
316.	do.	op. 31.	Variations sur air saxon	17.
				167.

70e. Lot.

1230.	Herz Jacques	op. 3	Air allemand	12.
1279.	do.	" 4	do.	19.
1518.	do.	" 8.	Variations à 4 ms. aussitôt que la lumière	19.
				50.

71e. Lot.

1117	Kalkbrenner	op. 16.	Variations	11
1119.	do.	" 17.	do.	8.
1122	do.	" 18.	do.	14
1123	do.	" 19.	do.	7.
1208.	do.	" 25	do.	11.
1211.	do.	" 26.	3e. Trio	27.
1228.	do.	" 28.	Sonate	20.
1248.	do.	" 30	Quintetto	47.
1271.	do.	" 32	Rondino	13.
1287.	do.	" 34	No. 1	15.
1288.	do.	" 34	No. 2	20.
				193.

(20)

72e. Lot.

1168.	Kalkbrenner	op. 21.	6e. Fantaisie	19.
1192.	d°	" 22.	7e. d°	14.
1272.	d°	" 33	8e. d°	16.
1321.	d°	" 37.	9e. d°	15.
1572.	d°	" 60.	12e. d°	14.
1609.	d°	" 64.	13e. d°	14
1625.	d°	" 68.	" d°	16.
401.	d°	" 72.	" d°	24
				132.

73e. Lot.

1528.	Kalkbrenner	op. 54.	Trois romances	18.
1533.	d°	" 55.	Polonaise	11.
1541.	d°	" 56.	Sonate	23.
1555.	d°	" 58.	Sextuor	45.
1324.	d°	" 39.	Sonate	30.
1390.	d°	" 43.	La chasse	11.
1436.	d°	" 45.	Rondo	11.
1437.	d°	" 46.	La solitude	12.
1438.	d°	" 47.	Duo harpe et Piano	9.
1439.	d°	" 48.	Sonate	45.
				27.
				226.

74e. Lot.

1571.	Kalkbrenner	op. 59.	Second rondo pastoral	12.
1596.	d°	" 61.	1er. Concerto avec orche.	91.
1610	d°	" 63	Valse pr. P°. et flte.	10.
1623.	d°	" 67.	Rondo Villageois	13.
1626.	d°	" 69.	Variations	16.
1672.	d°	" 71.	d° Sur Robin	16.
432.	d°	" 75.	Le Tribut à la mode	11.
758.	d°	" 77.	Mélange crociato	10.
1832.	d°	" 78.	Rondino	10.
2171.	d°	" 91	Valse Irlandaise	16.
				205.

75e. Lot.

1331.	Kalkbrenner	op.	40.	Marche à 4 mains	7.
1782.	d°	"	79.	Grande sonate à 4 mains	63.
1994.	d°	"	94.	Variations sur Moïse à 4 mains	25.
2362.	d°	"	95.	d° Comte Ory d°	21.
1574.	d°	"	100	Soirée de St. Cloud à 4 mains	38.
2487.	d°	"	97.	Duo pr. Po. et Von.	59.
2483.	d°	"	"	Menuet extrait du Duo	20.
2519.	d°	"	98.	Variations Pirata	16.
2594.	d°	"	101	Rondo sur frère Jacques	39.
2810.	d°	"	102	Morceau de Concert	14.
2811.	d°	"	103.	La Brigantine	11.
					313.

76e. Lot.

658.	Kalkbrenner	op.	80	2e. Concerto avec Orche.	128.
1837.	d°	"	81	Quintetto	64.
277.	d°	"	82.	Grand Duo pr. harpe et Piano	44.
901.	d°	"	83	Variations sur di tanti palpiti	42.
419.	d°	"	84.	Nocturne pr. Piano et flûte	26.
					304.

77e. Lot.

2050.	Kalkbrenner	op.	85.	4e. Trio pr. Po. Von. & Vsse.	57.
666. / 667	d°	"	88.	Préludes	58
1979.	d°	"	92	Grandes polonaise avec Orche.	49.
1990.	d°	"	93	Nocturne pr. Po. et Cor	25.
2428.	d°	"	96.	Romance et Rondo	9.
					198.

78e Lot.

2531.	Kalkbrenner	op. 99.	Variations avec orchestre	28.
2812.	do	„ 104.	Caprice	13.
2833.	do	„ 106.	Rondo fantastique	12.
2854	do	„ 107.	3e Concerto avec orchre	89.
2845.	do	„ 112.	Variations avec quat.	26.
2851.	do	„ 113.	Le Rêve avec orche	42.
470.	do	„	Marche pr Po et harpe	8.
2186.	do	„	Grand concerto Posthume de Mozart Po seul	23.
2818.	do & Moschelès		No 2 Rule Britannia	9.
				250.

79e Lot.

Romances détachées

Avec Accompagnement de Piano.

		Po	Gre	Pl.
Un vénitien	Brise du matin (la) Barcarolle avec acc: de Po par Harr	2855.	2856.	3. tirn
Adam (Ad.)	Douce patrie Boléro de l'Espionne	2567.	2659	6. tirn
Baudiot	Elle n'était pas là	2376	„	2. do
do	Mais c'est ainsi que je veux être aimée Romance.	2375.	„	2. do
Bayle	Attente (l') do	2656.	„	2. do
do	Cabriolets (les) Chansonnette.	2496.	„	2 do
do	Chansonnette morale	2636	„	2 do
do	Crainte (la) et le tourment Romance	2661.	„	2 do
do	Embarras du choix (l') Chansonnette.	2439	„	2 do
do	Il va parler Romance.	2476.	„	2 do
do	Je t'aime encore do	2438.		2. do
do	Mes seules amours do	2794	„	2. do
do	Paul enrichi Chansonnette.	2495.	„	2. do
do	Pêcheur (le) Romance.	2461.	„	2. do
do	Pont des arts (le) Chansonnette.	2657.	„	2 do
	Transport d'autre part			35. Pl.

(23)

79e Lot.

Report d'autre part .... 35.

Bayle	Prière de l'orpheline (la) avec acc: de hautbois	(ad lib:)		
d°		2655.	"	2 lith.
d°	Prisonnier (le) .... Romance.	2564	"	2 d°
d°	Que veut-il dire? .... D°.	2662.	"	2 d°
d°	Qu'on est heureux de n'avoir pas le sou Chansonnette.	2561.	"	2 d°
d°	Rêverie (la) .... Nocturne à 2 voix.	2709.	"	2 d°
d°	Rose .... Romance.	2475.	"	2 d°
d°	Sommeil de Julien (le) .... D°.	2477.	"	2 d°
d°	Tempête (la) .... Romance imitative	2440.	"	3 d°
d°	Voyageurs (les) .... Barcarolle.	2712.	"	3. d°
d°	Voilà ce que c'est que la vie ...... Chansonnette.	2637.	"	2 d°
Berton fils	Commencement du voyage (le) ...... Chanson.	890.	"	2
d°	Il n'est plus tems .... Chansonnette.	2143.		2 lith.
d°	Ma Lisette quittons nous .... D°.	863.		2
d°	Petit ramoneur (le) ...... Nocturne à 2 voix.	897.		2 lith.
d°	Que le jour me dure .... D°. ...... D°.	1309		4
				69 Pl.

80e Lot.

Brugière (Ed)	Elle est là qui dort .... Romance.	2873	2874.	3 lith.
d°	Fiez-vous donc au lendemain .. Chansonnette.	275.	390.	4 d°
d°	Plainte (la) .... Romance	226.	387.	4
d°	Vrai Marin (le) .... Chansonnette	270.	391	3 lith.
				14 Pl.

81e Lot.

Bizot (Léon)	Advienne que voudra demain Chanson extraite de légendes françaises	2716.	"	2. lith.
d°	Couplets chantés dans l'Espionne russe ...	2646.	"	3.
d°	Eglée .... Romance.	2402.	"	2. lith.
d°	Galère Capitane (la) Chanson des Pirates avec Violon obligé	2715.	"	7. d°
d°	Je n'en suis plus à mon 1er amour ... Romance	2639.	"	2.
d°	Je ne puis plus aimer et je ne puis mourir ... D°.	2424	"	2 lith.

Transport d'autre part 18. Pl.

81e. Lot.

		Report d'autre part.....			18. Fl.
Bizot	Joyeux frère (le) Chanson tirée d'Ivanhoé		2408.	"	2. lith.
d°	Ronde à une, deux ou trois voix à volonté		2638.	2660.	3 lith.
d°	Tous nos braves sont endormis Romance de Walter-Scott		2423.	"	2. d°
d°	Tu vas mourir par le même		2409.		2. d°
Georgeon	Ah! si j'osais!	Romance.	2748.		2. d°
d°	Bon Chevalier (le)	Chanson.	2524.	"	2. d°
d°	Départ de Gervais (le)	Romance.	2450.	"	2. d°
d°	Glaneuse (la)	d°.	2448.	"	2. d°
d°	Insulaire (l')	Romance pour moi	2449.	"	2 d°
d°	Mieux on file, file à 60 ans	Chanson.	2623.	"	2. d°
d°	Memours	Romance.	2451.	"	2. d°
d°	Tablettes de Phédora (les)	d°.	2747.	"	2. d°
d°	Une mère est si chère	d°.	2453.	"	2 d°
d°	Zulima	d°.	2452.	"	2. d°
Grast (F.)	Adieux (les)	d°.	2508.	2513.	3.
d°	Aimons, aimons	Tyrolienne à 2 Voix.	2512.	2443.	5 lith.
d°	Automne (l')	Nocturne à 2 Voix	2707.	2504.	4 d°
d°	Départ (le)	Romance.	2510.	2514.	3. d°
d°	Invocation à l'harmonie (l') Sérénade à 4 Voix		2509.	"	9 d°
d°	Pèlerin (le) Barcarolle. avec flûte ou violoncelle ou bariton obligés		2565.	2444	6 } d°
d°	Le même pour Piano seul.		2511.	"	3 }
d°	Rions, chantons	Duo.	2506.	2446.	6. d°
					86. Fl.

82e. Lot.

Duchesse de St. Leu.	Ame (l') du purgatoire	Ballade.	29 F.	"	"	"
d°	Brigantine (la)	d°.	37.	"	"	"
d°	C'est bien la plus belle de France	d°.	28. G.	"	"	"
d°	Chien du régiment (le)	Romance.	29. D.	"	"	"
d°	Cosaque (le)	d°.	28 J.	"	"	"
d°	Dis-moi Nanette	Romance à 1 ou 2 Voix.	29 G.	"	"	"
d°	Du Guesclin	Romance.	28. C.	"	"	"

82e. Lot.

Duchesse de St. Leu	Elvire	Romance.	28.I.	"	"	"
d°	Fuyez loin de ces bords	Romance à 4 Voix.	28.H.	"	"	"
d°	Gentil berger	Romance.	28.D.	"	"	"
d°	Jeanne d'Arc	D°	29.E.	"	"	"
d°	Je n'ai que mon cœur à donner	D°	28.E.	"	"	"
d°	Je ne connais pas mon époux	D°	28.B.	"	"	"
d°	M'oublieras-tu ?	D°	28.K.	"	"	"
d°	Ombre d'Anacréon (l')	D°	28.A.	"	"	"
d°	Orage (l')	D°	29.B	"	"	"
d°	O Vierge Marie !	Ballade à 4 Voix.	28.L	"	"	"
d°	Partant pour la Syrie	Romance.	952.A.	"	"	"
d°	Piétro	Ballade.	29.L.	"	"	"
d°	Plus n'aimerai	Romance.	29.H.	"	"	"
d°	Pour toujours	D°	28.F.	"	"	"
d°	Preux de Charlemagne (les)	D°	29.C.	"	"	"
d°	Prisonnier (le)	Romance à 1 ou 2 Voix.	29.K.	"	"	"
d°	Quand je vous vois	Romance.	29.A.	"	"	"
d°	Quelle est cette femme éplorée	D°	29.J.	"	"	"
d°	Reine Berthe (la)	D°	29.I.	"	"	"
d°	Reposez-vous bon chevalier	D°	952.B.	"	"	"
d°	Vieux drapeau (le)	Chanson.	2813	"	"	"
					58 Pl.	

83e. Lot.

Panseron (Aug.)	Aimons, chantons, dansons	Chansonnette.	2875	2876.	3	bis
d°	La même arrangée à 2 voix		2877.	2878.	3	
d°	Forban (le)	Ballade.	2879	2880.		d°
d°	La même arrangée à 4 voix		2881.	"	3.	
d°	J'ai bientôt douze ans	Chansonnette.	2870.	2871.	3.	d°
d°	Vous avez pleuré !	Romance.	2882.	2883.	3	d°
					19 Pl.	

(26.)

84e. Lot.

				Pl.
Lagoanère	Bal commence au rameau (le) ——— Chansonnette..	2858.	2859.	3. lith.
d°	Elle et moi Romance dans le genre Espagnol....	86.	"	2.
d°	Esprit terrible (l') ——————— Ballade..	2860.	2861	3. lith.
d°	Glisse, léger bateau ——— Nocturne à 2 Voix..	79.	"	2. d°
d°	Ramène ton bateau ——— Romance à 2 Voix..	282.	"	3. d°
d°	Souvenir (le) ——— Boléro Nocturne à 2 Voix...	2862	2863.	3. d°
Lambert (G.)	Délire (le) ——— Romance. (Nouv.le édit.on)	1991.	"	2.
d°	Espérance ——————— d° ———————	1992.	"	2
d°	Hymne à l'espérance (l') ———————	731.	"	2
Lecomte (Louise)	Aveu (l') ——————— Romance.	2836.	2837.	3 lith.
d°	Bonsoir! ——————— d° ———	2838	2839.	3 d°
Niedermeyer	Invocation (l'), 17e méditation poétique de Lamartine ———————	2457.	"	3 d°
d°	Soir (le) méditation poétique du même ———	2458.	2840	6 d°
Vimeux (J.)	Celui qu'il faut aimer ——————— Romance.	2852	2853.	3. d°
Funck (G.)	Il a demandé l'heure ——————— d° ———	2902.	"	2. d°
d°	Le Naufrage ——————— d° ———	2901.	"	2. d°
d°	Que je voudrais être rosière ——— d° ———	2900	"	2. d°
				46. Pl.

85e. Lot.

Duchambge	Matelot (le) ——————— Romance.	2287	"	2. lith.
d°	Malheur à moi ——————— d° ———	2768.	"	2. d°
d°	Marie ——————— d° ———	2044.	599	3. d°
d°	Mélodie (1re) de Thomas Moore ———————	2692.	"	2. d°
d°	Minuit ——————— Nocturne à 2 Voix.	2041.	690.	3
d°	Mon ami ——————— Romance.	2694.	"	2. lith.
d°	Nanna m'appelle Ballade de Cas.re Delavigne	2549.	"	2 d°
d°	Ne m'aimez pas ——————— Romance..	2045	604	3
d°	Noéma ——————— d° ———	2734	2760.	3. lith.
d°	Non, tu ne m'aimes plus ——————— d° ———	2784	"	2 d°
d°	Notre-Dame d'Amour ——————— d° ———	2330.	2332.	3 d°
	Transport d'autre part			27. Pl.

(27)

85e. Lot.

Report d'autre part 27 Pl.

				Pl.
Duchambge	Olivier — Romance	2285	2385	3.
d°	Ondes (les) — d°	2735. (bis)	"	2 lith.
d°	On n'aime bien qu'en France — d°	2285	2356.	3.
d°	Orage (l') — d°	2785	"	2. lith.
d°	Oraison (l') — Prière	2460.	"	2. d°
d°	Partons — Romance.	2485.	2582.	3 d°
d°	Paysanne et le soldat (la) Romance dialoguée.	2365.	2583.	4. d°
d°	Pêcheur (le) Barcarolle à une ou deux voix.	2284.	2386.	3. d°
d°	Pêcheur (le) de Sorrente — Romance.	2807.	"	2. d°
d°	Pèlerinage (le) — d°	2281.	2389.	3.
d°	Pierre — Nocturne à 2 voix	2283.	932.	3.
d°	Pilote (le) — Barcarolle.	2282.	2352.	3. lith.
d°	Prière (la) pour le Roi	2815.	"	2.
d°	Prisonnier (le) de guerre — Romance.	2764.	"	2. lith.
d°	Promise (la) du Poitou — d°	2739.	2753.	3. d°
d°	Qu'elle est triste! — d°	2884.	2885	3. d°
d°	Regrets (les) — d°	2663.	"	2. d°
d°	Reine (la) — d°	2551.	"	2. d°
d°	Rêve (le) — d°	2791.	"	2.
				76 Pl.

86e. Lot.

				Pl.
Duchambge	Bal (le) — Romance	2550.	2537.	4 lith.
d°	Batelière (la) — d°	2314.	2348.	3. d°
d°	Béarnais (le) — d°	2273.	2388.	3.
d°	Billet (le) — d°	2191.	943.	3
d°	Blanche Maison (la) — d°	2806.	"	2. lith.
d°	Blanchisseuse de fin (la) — Chansonnette	2846.	2847.	3 d°
d°	Bon génie (le) — Romance.	2738.	2752.	3 d°
d°	Bouquet de bal — Romance (2e édition)	2769.	2802.	3 d°
d°	Réveil (le) — Romance.	2297.	2391.	3.
d°	Rives (les) de l'Adour — d°	2653.	"	2 lith.
d°	Romance de Desportes	2296.	2396.	3.

Transport d'autre part ……… 32 Pl.

86e. Lot.

		report d'autrepart		32. Pl.	
Duchambge	Sans t'oublier .... Romance.	2301	903.	3.	
d°	Saison (la) d'amour, en sol. Nocturne à 2 voix	2302.	942.	3.	lith.
d°	d° d° d° en si bémol ...... D°	2615.	"	2.	
d°	Secret (le) .... Romance	1983	2397.	3.	
d°	Séparation (la) .... D°	2299.	917.	3.	
d°	Sermens (les) .... D°	2298.	832	3.	
d°	Si j'étais aimée! .... D°	2886.	2887.	3.	lith.
d°	Si tu m'aimes, trompe-moi .... D°	2743.	2757.	3.	d°
d°	Sois heureux! je t'oublie .... D°	2482.	2754	3.	
d°	Son cœur saura bien me comprendre ... D°	2740.	"	2.	lith.
d°	Souvenir (le) .... D°	2303	944	3.	
d°	Sur la montagne .... D°	2300.	718.	3.	lith.
d°	Temps (le) se fait des ailes .... D°	2834.	2835.	3.	d°
d°	Te voilà grande .... D°	2307.	"	2.	
d°	Tircis .... Complainte	2305.	887	3.	
d°	Toi .... Romance.	2304.	850	3.	
d°	Tu ne saurais m'oublier .... D°	2306.	916.	3	
d°	Tristesse .... D°	2888.	2889.	3	lith.
d°	Une violette .... D°	2308.	2384.	3	
d°	Un moment .... D°	1985.	2387.	3.	
d°	Un soir d'août .... D°	2529.	"	2	lith.
d°	Un songe; paroles imitées de Lenvis ...... D°	2578.	"	2.	d°
				93. Pl.	

87e. Lot.

				Pl.	
Duchambge.	Brigantine (la) .... Ballade.	2192.	665.	3	lith.
d°	Capitaine (le) .... Chansonnette	2730.	2750.	3	d°
d°	Celle qui ne rit pas .... Romance.	2275.	931.	3.	
d°	Ce n'est pas moi .... D°	2274.	763	3.	
d°	C'est elle .... D°	2276.	906.	3	
d°	C'est moi .... D°	2239.	2394.	3	
		transport d'autrepart		18. Pl.	

Report d'autre part.... 18. Pl.

87e. Lot.

Duchambge	Chambre de la châtelaine (la) .... Romance	2344	2585	3 lith:
d°	Chanson du fou à un passant	2493.	2349.	3. d°
d°	Chant de Clémence Isaure .... Romance.	1980.	"	2. d°
d°	Comment pourrai-je t'oublier? .... D°	2277	905.	3
d°	Comte Roger (le) Ballade de Victor Hugo.	2552.	"	2. lith:
d°	Consolation (la) Letrille Espagnole.	2690.	"	2 d°
d°	Couplets chantés dans la seconde année	2788.	"	2.
d°	Depuis .... Romance.	2366.	"	2.
d°	Deux pensées (les) .... D°	2737.	2751.	3. lith:
d°	Echo (l') .... D°	2890.	"	2.
d°	Encore à toi ..... Romance de Victor Hugo	2782.	"	2.
d°	Enfant du héros (l') .... Romance	2318.	2350.	3 lith:
d°	Espoir des Matelots (l') .... D°	2338.	2581.	3 d°
d°	Etoile (l') .... trad: de l'Allemand.	2278.	2351.	3 d°
d°	Etrangère (l') .... Romance.	2742.	2756.	3. d°
d°	Fiancée du Marin (la) .... D°	2279.	893.	3.
d°	Fiancée du soldat (la) Ballade Chandonnette.	2841.	2842.	3. lith:
d°	Fleur des Tombeaux (la) .... Romance.	2315.	2390	3 d°
d°	Gondolier (le) Barcarolle de Cas. Delavigne.	2691.	"	2 d°
d°	Hier .... Romance	2340.	"	2.
d°	Hirondelles (les) .... D°	2280.	910.	3 lith:
d°	Il a demandé l'heure .... Tyrolienne	2654.	"	2
d°	Incertitude (l') .... Romance	2547.	"	2. lith:
d°	Infidèle .... D°	1981.	909	2
				78. Pl.

88e. Lot.

				Pl.
Duchambge (P.)	Abandon (l') .... Romance ..	2188	2346	3.
d°	Abencérage (l') .... D° ...	2312.	2359.	3. lith:
d°	Adieu donc mon pays .... D° ...	2043	595.	3. d°
d°	Adieu Madeleine .... D° ...	2783.	"	2. d°
d°	Ame du Purgatoire .... Lamento ..	2548.	2658.	3. d°

Transport d'autre part.... 14 Pl.

88e Lot.

					Report d'autre part.	14 Pl.
Duchambge (P.)	A mon ange gardien	Romance (2e édit.)	2689.	2801.	3.	lith:
d°	Ange (l') et le Ramsau	d°	2187.	2345.	3.	
d°	A qui pense-t-il ?	d°	2805.	„	2.	lith.
d°	Au revoir, jamais adieu	Nocturne à 2 voix	2198.	2347.	3.	d°
d°	Aveu d'une femme (l')	Romance.	2189.	„	2.	d°
d°	Avez vous oublié que vous ne l'aimez plus			„	2.	d°
d°	Stances de Boileau		2470.	„	2.	d°
d°	Il m'attend	d°	2295.	909.	3.	d°
d°	J'ai peur	d°	2292.	2354.	3.	
d°	Jalousie (la)	d°	2290.	2393	3.	
d°	Je crois que vous l'aimez encore	d°	2289.	2383.	3.	
d°	Je l'ai vu !	d°	1984.	2352.	3.	
d°	Je m'ennuie	d°	2492.	„	2.	lith.
d°	Je ne t'aime plus	d°	2293.	907.	3.	
d°	Je ne veux plus	d°	2294.	„	2.	
d°	Je ne veux plus boire	Chanson	2042.	591.	3	lith.
d°	Je pense à lui	Romance.	2843.	2844.	3	d°
d°	Jeune Châtelaine (la)	d°	2291.	908.	3	d°
d°	Jeune Mendiante	d°	2486.	2584.	3	d°
d°	Lido	Stances de Cas. Delavigne	2288.	2355.	3	
d°	Luth espagnol (le)	Boléro.	2392.	2586.	3	lith.
d°	Vaut mieux mourir	Romance.	2310	938.	3	
d°	Vénitien (le)	Barcarolle.	1982.	2360.	3	lith.
d°	Viens à moi	Romance.	2309.	919.	3	
d°	Voilà comme il m'aimait	d°	2338.	„	2	
d°	Voix (la)	d°	2741.	2755.	3	lith.
d°	Voyage (le)	d°	2786.	„	2	d°
Duchambge (P.)	Oublions nous	d°	2894.	2895.	3	d°
					88. Pl.	

89.e Lot.

Ouvrages de Propriété non portés sur le Catalogue.

				Pl.
61.	Keller	" "	Trois valses sentimentales	4.
16.	Chopin	op. 16	Rondo	18.
2912.	d.o	op. 17	Quatre Mazurkas	11
2913.	Kalkbrenner	op. 120	Variations sur une Mazurka	19.
2918.	Karr	" "	Galop	6
2996. 2997	Masini	" "	L'amour du pays p.r P.o et Guitare	3 lith.
				61 Pl.

90.e Lot.

Ouvrages du Domaine non portés sur le Catalogue.

				Pl.
2892.	Strauss	op. 31.	Valses	6.
2893	Czerny	op. 249.	Variations	12.
2899.	Strauss	op. 51.	Valses	6.
2904.	Czerny	op. 313.	Le jeune Pianiste N.o 1 et 2.	23.
2905. 19	d.o	op. 252.	Valse de Schubert à 4 m/.	13.
59.	Schubert	op. 75.	Quatre Polonaises à 4 mains	15.
63.	Czerny	op. 252.	Rondo à 4 mains	17.
2907.	Kalkbrenner	op. 87.	Capriccio	9.
2908.	Czerny	op. 247.	Straniera N.o 1.	30.
2909	d.o	" d.o	... d.o ... N.o 2	
2910.	d.o	" d.o	Anna Bolena N.o 1.	28.
2911.	d.o	" d.o	... d.o ... N.o 2	
2913.	d.o	" d.o	Montecchi e Capuleti N.o 1.	29.
2914.	d.o	" d.o	... d.o ... d.o ... N.o 2	
2915.	d.o	" d.o	Norma N.o 1.	53.
2916.	d.o	" d.o	... d.o ... N.o 2	
2917.	d.o	" d.o	... d.o ... N.o 3	
2919.	Strauss	op. 63	Valses	9.
2921.	Grisar	" "	La Folle p.r P.o	2.
2925.	Strauss	op. 64	Valses	8.
2924.	Beethoven	" "	Six Valses	9.
2922.	Strauss	" "	Valse du Duc (en feuille)	2.
				271.

www.ingramcontent.com/pod-product-compliance
Lightning Source LLC
LaVergne TN
LVHW050505160826
845677LV00003B/951

9782329644646